（明）李攀龍／選編
［日］高井蘭山／書　橘石峰　小松原翠溪／畫
李增輝　李苹萍／誦讀　朱祈樺／配樂

畫本唐詩選

五言古詩　七言古詩　五言絶句

金城出版社
GOLD WALL PRESS
·北京·

圖書在版編目（CIP）數據

畫本唐詩選．五言古詩、七言古詩、五言絶句 /（明）李攀龍選編；（日）高井蘭山書；（日）橘石峰，小松原翠溪畫；李增輝，李萃萍誦讀；朱祈樺配樂．—北京：金城出版社有限公司，2021.12
ISBN 978-7-5155-2275-3

Ⅰ．①畫… Ⅱ．①李… ②高… ③橘… ④小… ⑤李… ⑥李… ⑦朱…
Ⅲ．①唐詩－詩集 Ⅳ．① I222.742

中國版本圖書館 CIP 數據核字 (2021) 第 233369 號

畫本唐詩選（五言古詩、七言古詩、五言絶句）

作　　者	（明）李攀龍 選編 〔日〕高井蘭山 書　〔日〕橘石峰、小松原翠溪 畫 李增輝、李萃萍 誦讀　朱祈樺 配樂
責任編輯	歐陽雲
責任校對	楊　超
責任印制	李仕杰
裝幀設計	飛鳥 装帧设计 15810133062
開　　本	710 毫米 ×1000 毫米　1/32
印　　張	9.5
字　　數	95 千字
版　　次	2021 年 12 月第 1 版
印　　次	2021 年 12 月第 1 次印刷
印　　刷	天津旭豐源印刷有限公司
書　　號	ISBN 978-7-5155-2275-3
定　　價	68.00 圓

出版發行	**金城出版社有限公司** 北京市朝陽區利澤東二路 3 號 郵編：100102
發 行 部	（010）84254364
編 輯 部	（010）64214534
總 編 室	（010）64228516
網　　址	http://www.jccb.com.cn
電子郵箱	jinchengchuban@163.com
法律顧問	北京市安理律師事務所　（電話）18911105819

出版説明

《畫本唐詩選》是日本江户時代末期陸續刊刻的一套圖畫唐詩選集，共七編三十五卷，以當時風行中日的李攀龍（署）《唐詩選》爲底本，收入唐人五言七言絶句、古體、律詩近四百首，由當時著名書家、繪師書其詩文、圖其詩意，自日本文化元年（1804）至天保七年（1836），歷三十二年版刻而成。

傳爲明代著名文學家李攀龍選編的《唐詩選》是明末期至清中期流傳久遠、影響巨大的唐詩選本，僅從萬曆二十一年（1593）到崇禎十七年（1644）間，就有二十餘種不同刻本先後面市，在清中後期依然「盛行鄉塾間」。《唐詩選》東傳後，深受日本文人喜愛，翻刻和本多達四十餘種，對江户時代的詩學風尚影響極大。

本次出版依凌蒙初序《唐詩廣選》本調整了編次，略去了日文説解品評部分，并加入了釋文及誦讀音頻。因《唐詩選》中詩句與今通行版本略有出入，釋文中除對錯字進行修正外，均依凌蒙初序《唐詩廣選》。

目录

五言古詩

七言古詩

五言絶句

五言古詩

述懷

魏徵

中原還逐鹿，投筆事戎軒。
縱橫計不就，慷慨志猶存。
杖策謁天子，驅馬出關門。
請纓繫南粵，憑軾下東藩。
鬱紆陟高岫，出没望平原。
古木鳴寒鳥，空山啼夜猿。
既傷千里目，還驚九折魂。
豈不憚艱險，深懷國士恩。
季布無二諾，侯嬴重一言。
人生感意氣，功名誰復論。

述懷

魏徵

中原還逐鹿投筆事戎軒縱橫計不就慷
慨志猶存仗策謁天子驅馬出關門請纓
繫南粤憑軾下東藩鬱紆陟高岫出沒望
平原古木鳴寒鳥空山啼夜猿既傷千里
目還驚九折魂豈不憚艱險深懷國士恩
季布無二諾侯嬴重一言人生感意氣功
名誰復論

感遇

張九齡

孤鴻海上來，
池潢不敢顧。
側見雙翠鳥，
巢在三珠樹。
矯矯珍木巔，
得無金丸懼。
美服患人指，
高明逼神惡。
今我游冥冥，
弋者何所慕。

感遇　張九齡

孤鴻海上來池潢不敢顧
側見雙翠鳥巢在三珠樹
矯矯珍木巔得無金丸懼
美服患人指高明逼神惡
今我遊冥冥弋者何所慕

薊丘覽古

陳子昂

南登碣石阪，
遙望黃金臺。
丘陵盡喬木，
昭王安在哉。
霸圖悵已矣，
驅馬復歸來。

薊丘覽古　陳子昂

南登碣石山遙望
黃金臺丘陵盡喬
木昭王安在哉霸
圖悵已矣驅馬復
歸來

子夜吴歌

李白

長安一片月，
萬户擣衣聲。
秋風吹不盡，
總是玉關情。
何日平胡虜，
良人罷遠征。

子夜吳歌　李白

長安一片月萬古擣衣聲

秋風吹不盡總是玉關情

何日平胡虜良人罷遠征

經下邳圯橋懷張子房

李白

子房未乕嘯，
破産不爲家。
滄海得壯士，
椎秦博浪沙。
報韓雖不成，
天地皆震動。
潛匿游下邳，
豈曰非智勇。
我來圯橋上，
懷古欽英風。
唯見碧水流，
曾無黃石公。
嘆息此人去，
蕭條徐泗空。

經下邳圯橋懷張子房

子房未虎嘯，破產不成家。滄海得壯士，椎秦博浪沙。報韓雖不成，天地皆震動。潛匿遊下邳，豈曰非智勇。我來圯橋上，懷古欽英風。唯見碧水流，曾無黃石公。嘆息此人去，蕭條徐泗空。

後出塞

杜甫

朝進东門營，
暮上河陽橋。
落日照大旗，
馬鳴風蕭蕭。
平沙列萬幕，
部伍各見招。
中天懸明月，
令嚴夜寂寥。
悲笳數聲動，
壯士慘不驕。
借問大將誰，
恐是霍嫖姚。

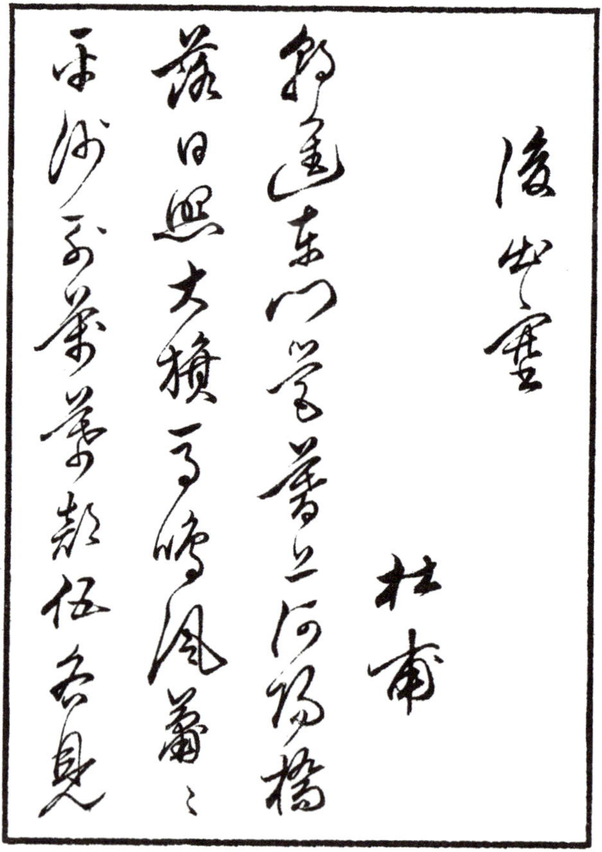

松中玄照明月之藏極雲
家甦知數聲勢壯士懷之
誰借四大物催其之要嫦娥

玉華宮

杜甫

溪回松風長，蒼鼠竄古瓦。
不知何王殿，遺構絶壁下。
陰房鬼火青，壞道哀湍瀉。
萬籟真笙竽，秋色正瀟灑。
美人爲黃土，況乃粉黛假。
當時侍金輿，故物獨石馬。
憂來藉草坐，浩歌泪盈把。
冉冉征途間，誰是長年者。

玉華宮

溪回松風長蒼鼠竄古瓦不知何王殿遺構絕壁下陰房鬼火青壞道哀湍瀉萬籟真笙竽秋色正瀟灑美人爲黃土況乃粉黛假當時侍金輿故物獨石馬憂來藉草坐浩歌淚盈把冉冉征途間誰是長年者

送別

王維

下馬飲君酒，
問君何所之。
君言不得意，
歸卧南山陲。
但去莫復問，
白雲無盡時。

送別

王維

下馬飲君酒
問君何所之
君言不得意
歸臥南山陲
但去莫復問
白雲無盡時

西山

常建

一身爲輕舟，落日西山際。
常隨去帆影，遠接長天勢。
物象歸餘清，林巒分夕麗。
亭亭碧流暗，日入孤霞繼。
洲渚遠陰映，湖雲尚明霽。
林昏楚色來，岸遠荊門閉。
至夜轉清迥，蕭蕭北風厲。
沙邊雁鷺泊，宿處蒹葭蔽。
圓月逗前浦，孤琴又搖曳。
泠然夜遂深，白露沾人袂。

西山

常建

一身爲輕舟，落日西山際。常隨去帆影，遠接長天勢。物象歸餘清，林巒分夕麗。亭亭碧流暗，日入孤霞繼。洲渚遠陰映，湖雲尚明霽。林昏楚色來，岸遠荊門閉。至夜轉清迥，蕭蕭北風厲。沙邊雁鷺泊，宿處蒹葭蔽。圓月逗前浦，孤琴又搖曳。泠然夜遂深，白露沾人袂。

宋中

高適

梁王昔全盛，賓客復多才。悠悠一千年，陳迹唯高臺。寂寞向秋艸，悲風千裏來。

宋中　　高適

梁王昔全盛，賓客復多才。
悠悠一千年，陳跡惟高臺。
寂寞向秋艸，悲風千里來。

與高適薛據同登慈恩寺浮圖

岑參

塔勢如涌出，孤高聳天宮。
登臨出世界，磴道盤虛空。
突兀壓神州，峥嶸如鬼工。
四角礙白日，七層摩蒼穹。
下窺指高鳥，俯聽聞驚風。
連山若波濤，奔走似朝東。
青松夾馳道，宮觀何玲瓏。
秋色從西來，蒼然滿關中。
五陵北原上，萬古青濛濛。
净理了可悟，勝因夙所宗。
誓將挂冠去，覺道資無窮。

與高適薛據同登慈恩寺浮圖 岑參

塔勢如湧出，孤高聳天宮。登臨出世界，磴道盤虛空。突兀壓神州，崢嶸如鬼工。四角礙白日，七層摩蒼穹。下窺指高鳥，俯聽聞驚風。連山若波濤，奔走似朝東。青松夾馳道，宮觀何玲瓏。秋色從西來，蒼然滿關中。五陵北原上，萬古青濛濛。淨理了可悟，勝因夙所宗。誓將挂冠去，覺道資無窮。

幽居

韋應物

貴賤雖異等，
出門皆有營。
獨無外物牽，
遂此幽居情。
微雨夜來過，
不知春草生。
青山忽已曙，
鳥雀繞舍鳴。
時與道人偶，
或隨樵者行。
自當安蹇劣，
誰謂薄世榮。

幽居

韦应物

贵贱虽异等出门皆有营独无
外物牵遂此幽居情微雨夜来
过不知春草生青山忽已曙鸟
雀绕舍鸣时与道人偶或随樵
者行自当安蹇劣谁谓薄世荣

南磵中題

柳宗元

秋氣集南磵，
獨遊亭午時。
迴風一蕭瑟，
林景久參差。
始至若有得，
稍深遂忘疲。
羈禽響幽居，
寒藻舞淪漪。
去國魂已遠，
懷人泪空垂。
孤生易爲感，
失路少所宜。
索寞竟何事，
徘徊祇自知。
誰爲後來者，
當與此心期。

南磵中題　　柳宗元

秋氣集南磵獨遊亭午時迴風一蕭瑟林景久參差始至若有得稍深遂忘疲羈禽響幽居寒藻舞淪漪去國魂已遠懷人淚空垂孤生易爲感失路少所宜索莫竟何事徘徊秪自知誰爲後來者當與此心期

早發交崖山還太室作

崔曙

東林氣微白，寒鳥急高翔。
吾亦自茲去，北山歸草堂。
仲冬正三五，日月遥相望。
蕭蕭過潁上，曨曨辨少陽。
川冰生積雪，野火出枯桑。
獨往路難盡，窮陰人易傷。
傷此無衣客，如何蒙雪霜。

早发交崖山还太室作

崔曙

东林气微白寒鸟急高翔吾亦
自兹去北山归草堂仲冬正三
五日月遥相望萧萧过颍上昽昽
少阳川冰生积雪野火出枯桑
独往路难尽穷阴人易伤伤此无
衣客如何蒙雪霜

七言古詩

滕王閣

王勃

滕王高閣臨江渚，
佩玉鳴鸞罷歌舞。
畫棟朝飛南浦雲，
珠簾暮卷西山雨。
閑雲潭影日悠悠，
物換星移幾度秋。
閣中帝子今何在，
檻外長江空自流。

滕王閣

王勃

滕王高閣臨江渚佩玉鳴鸞罷歌舞
畫棟朝飛南浦雲珠簾暮捲西山雨
閒雲潭影日悠悠物換星移幾度秋
閣中帝子今何在檻外長江空自流

長安古意

盧照鄰

長安大道連狹斜，
青牛白馬七香車。
玉輦縱横過主第，
金鞍絡繹向侯家。
龍銜寶蓋承朝日，
鳳吐流蘇帶晚霞。
百丈游絲争繞樹，
一群嬌鳥共啼花。
啼花戲蝶千門側，
碧樹銀臺萬種色。
復道交窗作合歡，
雙闕連甍垂鳳翼。
梁家畫閣天中起，
漢帝金莖雲外直。
樓前相望不相知，
陌上相逢詎相識。
借問吹簫向紫煙，
曾經學舞度芳年。
得成比目何辭死，
願作鴛鴦不羡仙。
比目鴛鴦真可羡，
雙去雙來君不見。
生憎帳額繡孤鸞，
好取開簾帖雙燕。
雙燕雙飛繞畫梁，
羅帷翠被鬱金香。
片片行雲着蟬鬢，
纖纖初月上鴉黄。
鴉黄粉白車中出，
含嬌含態情非一。
妖童寶馬鐵連錢，
娼婦盤龍金屈膝。
御史府中烏夜啼，
廷尉門前雀欲栖。
隱隱朱城臨玉道，
遥遥翠幰没金堤。
挾彈飛鷹杜陵北，
探丸借客渭橋西。
俱邀俠客芙蓉劍，
共宿娼家桃李蹊。
娼家日暮紫羅裙，
清歌一囀口氛氲。
北堂夜夜人如月，
南陌朝朝騎似雲。
南陌北堂連北里，
五劇三條控三市。
弱柳青槐拂地垂，
佳氣紅塵暗天起。
漢代金吾千騎來，
翡翠屠蘇鸚鵡杯。
羅襦寶帶爲君解，
燕歌趙舞爲君開。
别有豪華稱將相，
轉日回天不相讓。
意氣由來排灌夫，
專權判不容蕭相。
專權意氣本豪雄，
青虬紫燕坐生風。
自言歌舞長千載，
自謂驕奢凌五公。
節物風光不相待，
桑田碧海須臾改。
昔時金階白玉堂，
只今惟見青松在。
寂寂寥寥揚子居，
年年歲歲一床書。
獨有南山桂花發，
飛來飛去襲人裾。

長安古意

盧照鄰

長安大道連狹斜，青牛白馬七香車。玉輦縱横過主第，金鞍絡繹向侯家。龍銜寶蓋承朝日，鳳吐流蘇帶晚霞。百丈游絲争繞樹，一群嬌鳥共啼花。啼花戲蝶千門側，碧樹銀臺萬種色。復道交窗作合歡，雙闕連甍垂鳳翼。梁家畫閣天中起，漢帝金莖雲外直。樓前相望不相知，陌上相逢詎相識。借問吹簫向紫煙，曾經學舞度芳年。得成比目何辭死，願作鴛鴦不羨仙。比目鴛鴦真可羨，雙去雙来君不見。生憎帳額繡孤鸞，好取開簾帖雙燕。雙燕雙飛繞畫梁，羅帷翠被鬱金香。片片行雲著蟬鬢，纖纖初月上鴉黄。鴉黄粉白

車中出含嬌含態情非一妖童寳馬鐵連錢娼婦盤
龍金屈膝御史府中烏夜啼廷尉門前雀欲棲隱隱
朱城臨玉道遥遥翠幰没金堤挾彈飛鷹杜陵北探
丸借客渭橋西俱邀俠客芙蓉劍共宿娼家桃李蹊
娼家日暮紫羅裙清歌一轉口氤氲北堂夜夜人如
月南陌朝朝騎似雲南陌北堂連北里五劇三條控
三市弱柳青槐拂地垂佳氣紅塵暗天起漢代金吾
千騎来翡翠屠蘇鸚鵡杯羅襦寳帶爲君解燕歌趙
舞爲君開。別有豪華稱將相轉日回天不相讓意氣

由來排灌夫專權判不容 蕭相專權意氣本豪雄青
虬紫燕坐生風自言歌舞長千載自謂驕奢凌五公
節物風光不相待桑田碧海須臾改昔時金階白玉
堂只今惟見青松在寂寂寥寥揚子居年年歲歲一
床書獨有南山桂花發飛 来飛去襲人裾

公子行

劉廷芝

天津橋下陽春水，
天津橋上繁華子。
馬聲廻合青雲外，
人影搖動綠波裡。
綠波清迴玉爲砂，
青雲離披錦作霞。
可憐楊柳傷心樹，
可憐桃李斷腸花。
此日遨遊邀美女，
此時歌舞入娼家。
娼家美女鬱金香，
飛去飛來公子傍。
的的珠簾白日映，
娥娥玉顏紅粉粧。
花際徘徊雙蛺蝶，
池邊顧步兩鴛鴦。

公子行

劉廷芝

天津橋下陽春水天津橋上繁華子馬聲迴合青雲外人影搖動綠波裡綠波清迴玉爲砂青雲離披錦作霞可憐楊柳傷心樹可憐桃李斷腸花此日遨遊邀美女此時歌舞入娼家娼家美女鬱金香飛去飛來公子傍的的珠簾白日映娥娥玉顏紅粉粧花際徘徊雙蛺蝶池邊顧步兩鴛鴦傾國傾城漢武帝爲雲爲雨楚襄王

傾國傾城漢武帝，
爲雲爲雨楚襄王。
古來容光人所羨，
況復今日遙相見。
願作輕羅着細腰，
願爲明鏡分嬌面。
與君相向轉相親，
與君雙栖共一身。
願作貞松千歲古，
誰論芳槿一朝新。
百年同謝西山日，
千秋萬古北邙塵。

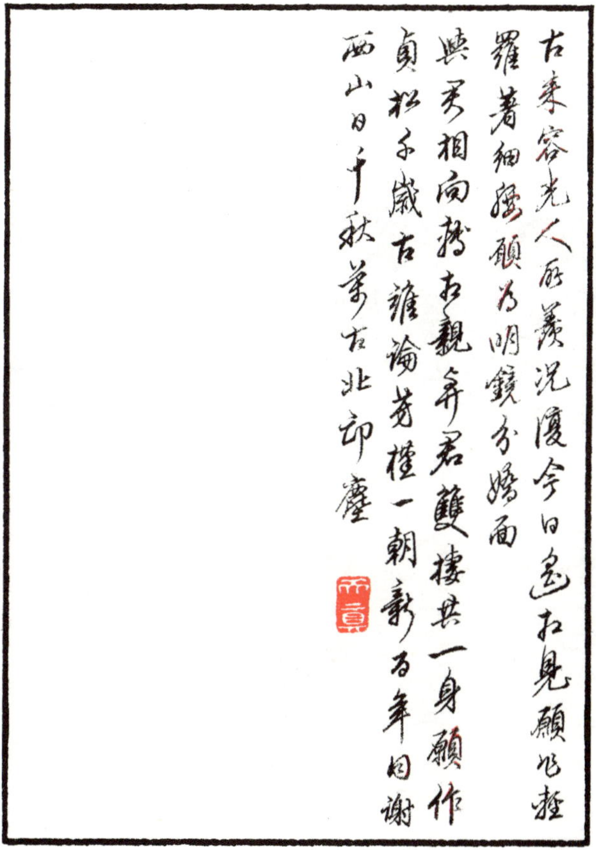

代悲白頭翁

劉希夷

洛陽城東桃李花，
飛來飛去落誰家。
洛陽女兒惜顔色，
行逢落花長歎息。
今年花落顔色改，
明年花開復誰在。
已見松柏摧爲薪，
更聞桑田變成海。
古人無復洛城東，
今人還對落花風。
年年歲歲花相似，
歲歲年年人不同。
寄言全盛紅顔子，
應憐半死白頭翁。

此翁白頭真可憐，
伊昔紅顔美少年。
公子王孫芳樹下，
清歌妙舞落花前。
光禄池臺開錦繡，
將軍樓閣畫神仙。
一朝卧病無相識，
三春行樂在誰邊。
宛轉蛾眉能幾時，
須臾鶴髮亂如絲。
但看古來歌舞地，
惟有黄昏鳥雀悲。

代悲白頭翁

洛陽城東桃李花飛來飛去落誰家洛陽女兒惜顏色行逢落花長歎息今年花落顏色改明年花開復誰在已見松柏摧爲薪更聞桑田變成海古人無復洛城東今人還對落花風年年歲歲花相似歲歲年年人不同寄言全盛紅顏子應憐半死白頭翁此翁白頭真可憐伊昔紅顏美少年公子王孫芳樹下清歌妙舞落花前光祿池臺開錦繡將軍樓閣畫神仙一朝臥病無相識三春行樂在誰邊宛轉蛾眉能幾時須臾鶴髮亂如絲但看古來歌舞地惟有黃昏鳥雀悲

下山歌

宋之問

下嵩山兮多所思，
攜佳人兮步遲遲。
松間明月長如此，
君再游兮復何時。

至端州驛見杜五審言沈三佺期閻五朝隱王二無競題壁慨然成咏

宋之問

逐臣北地承嚴譴，調到南中每相見。豈意南中岐路多，千山萬水分鄉縣。雲摇雨散各翻飛，海闊天長音信稀。處處山川同瘴癘，自憐能得幾人歸。

至端州驛見杜五審言沈三佺期閻五朝隱王二無競題壁慨然成咏

逐臣北地承嚴譴調到南中每相見豈意南中岐路多千山萬水介鄉縣雲摇兩散各飜飛海濶天長音信稀處處山川同瘴癘自憐能得幾人歸

烏夜啼

李白

黃雲城邊烏欲棲，
歸飛啞啞枝上啼。
機中織錦秦川女，
碧紗如煙隔牕語。
停梭悵然憶遠人，
獨宿空房泪如雨。

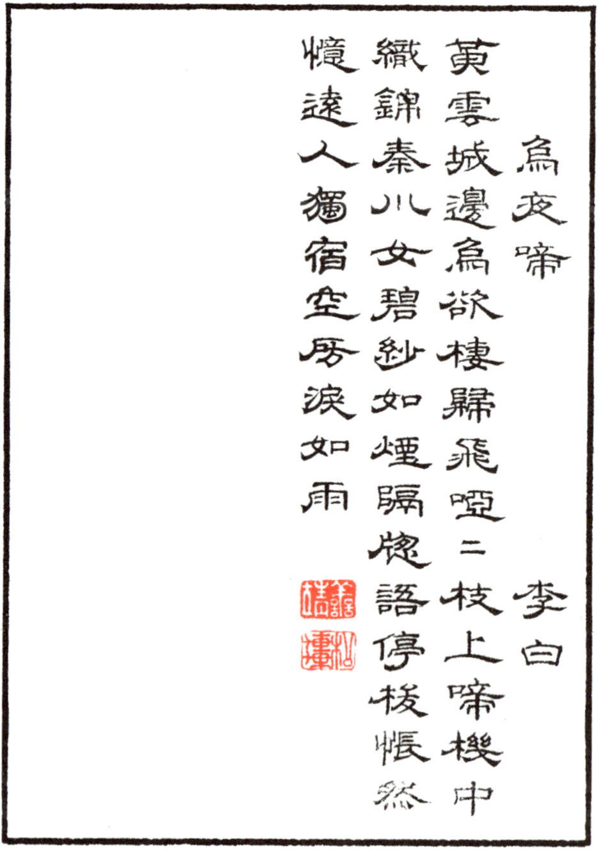

江上吟

李白

木蘭之枻沙棠舟，
玉簫金管坐兩頭。
美酒尊中置千斛，
載妓隨波任去留。
僊人有待乘黃鶴，
海客無心隨白鷗。
屈平詞賦縣日月，
楚王臺榭空山丘。
興酣落筆摇五岳，
詩成笑傲凌滄洲。
功名富貴若長在，
漢水亦應西北流。

江上吟　　李白

木蘭之枻沙棠舟玉簫金管坐兩頭美
酒樽中置千斛載妓隨波任去留仙人
有待乘黃鶴海客無心隨白鷗屈平詞
賦懸日月楚王臺榭空山丘興酣落筆
搖五嶽詩成笑傲凌滄洲功名富貴若
長在漢水亦應西北流

貧交行

杜甫

翻手作雲覆手雨，
紛紛輕薄何須數。
君不見管鮑貧時交，
此道今人弃如土。

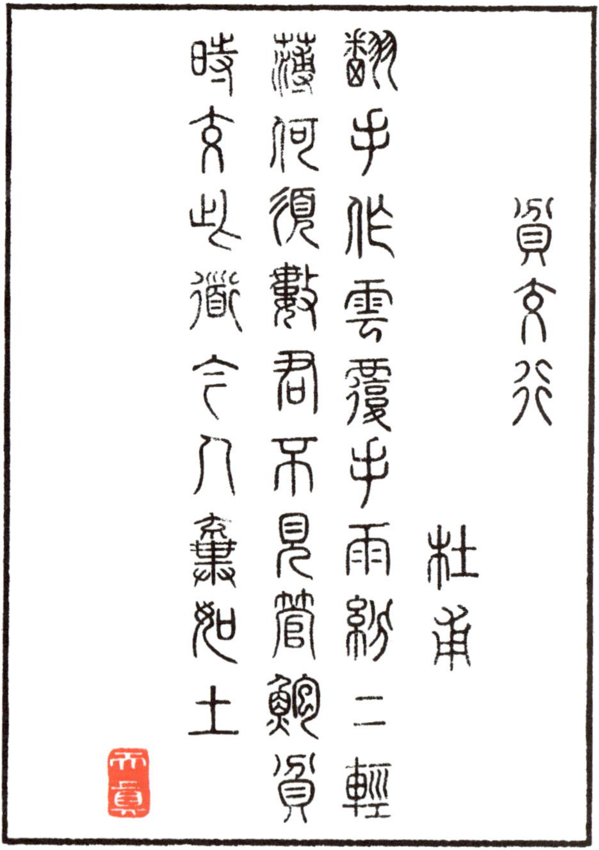

短歌行贈王郎司直

杜甫

王郎酒酣拔劍斫地歌莫哀，我能拔爾抑塞磊落之奇才。
豫章翻風白日動，鯨魚跋浪滄溟開。
且脫劍佩休徘徊，西得諸侯棹錦水。
欲向何門趿珠履，仲宣樓頭春色深。
青眼高歌望吾子，眼中之人吾老矣。

短歌行赠王郎司直

王郎酒酣拔剑斫地歌莫哀
我能拔尔抑塞磊落之奇才豫章翻
风白日动鲸鱼跋浪沧溟开且脱
佩剑休徘徊西得诸侯棹锦水欲向
何门趿珠履仲宣楼头春色深青眼
高歌望吾子眼中之人吾老矣

高都護驄馬行

杜甫

安西都護胡青驄，
聲價欻然來向東。
此馬臨陣久無敵，
與人一心成大功。
功成惠養隨所致，
飄飄遠自流沙至。
雄姿未受伏櫪恩，
猛氣猶思戰場利。

腕促蹄高如踣鐵，
交河幾蹴曾冰裂。
五花散作雲滿身，
萬里方看汗流血。
長安壯兒不敢騎，
走過掣電傾城知。
青絲絡頭爲君老，
何由却出橫門道。

高都護驄馬行

安西都護胡青驄聲價歘然来向東此馬臨陣久無敵與人一心成大功功成惠養隨所致飄飄遠自流沙至雄姿未受伏櫪恩猛氣猶思戰場利踠促蹄高如踣銕交河幾蹴層冰裂五花散作雲滿身萬里方看汗流血長安壯兒不敢騎走過掣電傾城知青絲絡頭爲君老何由却出橫門道

送孔巢父謝病歸遊江東兼呈李白

杜甫

巢父掉頭不肯住，
東將入海隨烟霧。
詩卷長留天地間，
釣竿欲拂珊瑚樹。
深山大澤龍蛇遠，
春寒野陰風景暮。
蓬萊織女回龍車，
指點虛無引歸路。
自是君身有仙骨，
世人那得知其故。
惜君只欲苦死留，
富貴何如草頭露。
蔡侯靜者意有餘，
清夜置酒臨前除。
罷琴惆悵月照席，
幾歲寄我空中書。
南尋禹穴見李白，
道甫問訊今何如。

送孔巢父謝病歸遊江東兼呈李白

巢父掉頭不肯住東将入海隨烟霧詩卷長留天地間釣竿欲拂珊瑚樹深山大澤龍蛇遠春寒野陰風景暮蓬萊織女回龍車指點虚無引歸路自是君身有仙骨世人那得知其故惜君只欲苦死留富貴何如草頭露蔡侯静者意有餘清夜置酒臨前除罷琴惆悵月照席幾歲寄我空中書南尋禹穴見李白道甫問訊今何如

飲中八仙歌

杜甫

知章騎馬似乘船，
眼花落井水底眠。
汝陽三斗始朝天，
道逢麴車口流涎，
恨不移封向酒泉。
左相日興費萬錢，
飲如長鯨吸百川，
銜杯樂聖稱世賢。
宗之瀟灑美少年，
舉觴白眼望青天，
皎如玉樹臨風前。
蘇晋長齋繡佛前，
醉中往往愛逃禪。
李白一斗詩百篇，
長安市上酒家眠。
天子呼來不上船，
自稱臣是酒中仙。
張旭三杯草聖傳，
脫帽露頂王公前，
揮毫落紙如雲煙。
焦遂五斗方卓然，
高談雄辨驚四筵。

飲中八僊歌

知章騎馬似乘船眼花落井水底眠汝陽三斗始朝天道逢麴車口流涎恨不移封向酒泉左相日興費萬錢飲如長鯨吸百川銜杯樂聖稱避賢宗之蕭灑美少年舉觴白眼望青天皎如玉樹臨風前蘇晉長齋繡佛前醉中往往愛逃禪李白一斗詩百篇長安市上酒家眠天子呼來不上船自稱臣是酒中仙張旭三杯草聖傳脫帽露頂王公前揮毫落紙如雲煙焦遂五斗方卓然高談雄辯驚四筵

左相李適之
崔宗之

賀知章
汝陽王名璡

蘇晋
李白

張旭
焦遂

哀江頭

杜甫

少陵野老吞聲哭，
春日潛行曲江曲。
江頭宮殿鎖千門，
細柳新蒲爲誰緑。
憶昔霓旌下南苑，
苑中萬物生顔色。
昭陽殿裡第一人，
同輦隨君侍君側。
輦前才人帶弓箭，
白馬嚼嚙黄金勒。

翻身向天仰射雲，
一箭正墮雙飛翼。
明眸皓齒今何在，
血污遊魂歸不得。
清渭東流劍閣深，
去住彼此無消息。
人生有情淚沾臆，
江水江花豈終極。
黄昏胡騎塵滿城，
欲往城南忘城北。

哀江頭

少陵野老吞聲哭春日潛行曲江曲江頭宮殿鎖千門細柳新蒲爲誰緑憶昔霓旌下南苑苑中萬物生顔色昭陽殿裡第一人同輦隨君侍君側輦前才人帶弓箭白馬嚼嚙黄金勒翻身向天仰射雲一箭正墮雙飛翼明眸皓齒今何在血污遊魂歸不得清渭東流劍閣深去住彼此無消息人生有情淚沾臆江水江花豈終極黄昏胡騎塵滿城欲往城南忘城北

韋諷録事宅觀曹將軍畫馬圖引

杜甫

國初已來畫鞍馬，神妙獨數江都王。將軍得名三十載，人間又見真乘黄。曾貌先帝照夜白，龍池十日飛霹靂。内府殷紅瑪瑙盤，婕妤傳詔才人索。盤賜將軍拜舞歸，輕紈細綺相追飛。貴戚權門得筆跡，始覺屏障生光輝。昔日太宗拳毛騧，近時郭家獅子花。

韋諷錄事宅觀曹將軍畫馬圖引

國初以来画鞍馬神妙獨數江都王將軍得名三十載人間又見真乘黄曾貌先帝照夜白龍池十日飛霹靂内府殷紅瑪瑙盤婕妤傳詔才人索盤賜將軍拜舞歸輕紈細綺相追飛貴戚權門得筆跡始覺屏障生光輝昔日太宗拳毛騧近時郭家獅子花今之新圖有二馬復令識者久嘆嗟此皆騎戰一敵萬縞素漠漠開風沙其餘七匹亦殊絶迥若寒

今之新圖有二馬，
復令識者久嘆嗟。
此皆騎戰一敵萬，
縞素漠漠開風沙。
其餘七匹亦殊絶，
迥若寒空動烟雪。
霜蹄蹴踏長楸間，
馬官厮養森成列。
可憐九馬争神駿，
顧視清高氣深穩。
借問苦心愛者誰，
後有韋諷前支遁。
憶昔巡幸新豐宮，
翠華拂天來向東。
騰驤磊落三萬匹，
皆與此圖筋骨同。
自從獻寶朝河宗，
無復射蛟江水中。
君不見金粟堆前松柏裡，
龍媒去盡鳥呼風。

空動烟雪霜蹄蹴踏長楸間馬官厮養森成
列可憐九馬争神駿顧視清高氣深穩借問
苦心愛者誰後有韋諷前支遁憶昔巡幸新
豐宮翠華拂天来向東騰驤磊落三萬匹皆
與此圖筋骨同自從獻寶朝河宗無復射蛟
江水中君不見金粟堆前松柏裡龍媒去盡
鳥呼風

丹青引贈曹將軍霸

杜甫

將軍魏武之子孫，
於今爲庶爲清門。
英雄割據雖已矣，
文彩風流今尚存。
學書初學衛夫人，
但恨無過王右軍。
丹青不知老將至，
富貴於我如浮雲。
開元之中常引見，
承恩數上南熏殿。
凌煙功臣少顏色，
將軍下筆開生面。
良相頭上進賢冠，
猛將腰間大羽箭。
褒公鄂公毛髮動，
英姿颯爽來酣戰。
先帝天馬玉花驄，
畫工如山貌不同。

丹青引贈曹將軍霸

將軍魏武之子孫於今爲庶爲清門英雄割
據雖已矣文采風流今尚存學書初學衛夫
人但恨無過王右軍丹青不知老將至富貴
於我如浮雲開元之中嘗引見承恩數上南
薰殿凌煙功臣少顏色將軍下筆開生面良
相頭上進賢冠猛將腰間大羽箭褒公鄂公
毛髮動英姿颯爽來酣戰先帝天馬玉花驄
畫工如山貌不同是日牽來赤墀下迥立閶
闔生長風詔謂將軍拂絹素意匠慘澹經營

是日牽來赤墀下，迥立閶闔生長風。詔謂將軍拂絹素，意匠慘澹經營中。斯須九重真龍出，一洗萬古凡馬空。玉花卻在御榻上，榻上庭前屹相向。至尊含笑催賜金，圉人太僕皆惆悵。弟子韓幹早入室，亦能畫馬窮殊相。幹惟畫肉不畫骨，忍使驊騮氣凋喪。將軍善畫蓋有神，必逢佳士亦寫真。即今飄泊干戈際，屢貌尋常行路人。途窮反遭俗眼白，世上未有如公貧。但看古來盛名下，終日坎壈纏其身。

中斯須九重真龍出一洗萬古凡馬空玉花卻在御榻上榻上庭前屹相向至尊含笑催賜金圉人太僕皆惆悵弟子韓幹早入室亦能畫馬窮殊相幹惟画肉不畫骨忍使驊騮氣凋喪將軍善畫蓋有神必逢佳士亦寫真即今漂泊干戈際屢貌尋常行路人途窮反遭俗眼白世上未有如公貧但看古來盛名下終日坎壈纏其身

邯鄲少年行

高適

邯鄲城南遊俠子，
自矜生長邯鄲裡。
千場縱博家仍富，
幾度報讎身不死。
宅中歌笑日紛紛，
門外車馬如雲屯。
未知肝膽向誰是，
令人却憶平原君。
君不見今人交態薄，
黃金用盡還踈索。
以兹感嘆辭舊遊，
更於時事無所求。
且與少年飲美酒，
往來射獵西山頭。

邯鄲少年行　高適

邯鄲城南遊俠子自矜生長邯鄲裡千場縱博家仍富幾處報讎身不死宅中歌笑日紛〻門外車馬如雲屯未知肝膽向誰是令人却憶平原君〻不見今人交態薄黃金用盡還疏索以茲感歎辭舊遊更於時事無所求且與少年飲美酒往來射獵西山頭

人日寄杜二拾遺

高適

人日題詩寄艸堂，
遥憐故人思故鄉。
柳條弄色不忍見，
梅花滿枝空斷腸。
身在南藩無所預，
心懷百憂復千慮。
今年人日空相憶，
明年人日知何處。
一卧東山三十春，
豈知書劒老風塵。
龍鍾還忝二千石，
愧爾東西南北人。

人日寄杜二拾遺

人日題詩寄草堂，遥憐故人思故鄉。柳條弄色不忍見，梅華滿枝空斷腸。身在南蕃無所預，心懷百憂復千慮。今年人日空相憶，明年人日知何處。一臥東山三十春，豈知書劍老風塵。龍鍾還忝二千石，愧爾東西南北人。

登古鄴城

岑參

下馬登鄴城，
城空復何見。
東風吹野火，
暮入飛雲殿。
城隅南對望陵臺，
漳水東流不復回。
武帝宮中人去盡，
年年春色爲誰來。

登古鄴城　岑參

下馬登鄴城〻空復何見
東風吹野火暮入飛雲殿
城隅南對望陵臺漳水東
流不復回武帝宮中人去
盡年〻春色為誰來

韋員外家花樹歌

岑參

今年花似去年好，
去年人到今年老。
始知人老不如花，
可惜落花君莫掃。
君家兄弟未可當，
列卿御史尚書郎。
朝回花底恒會客，
花撲玉缸春酒香。

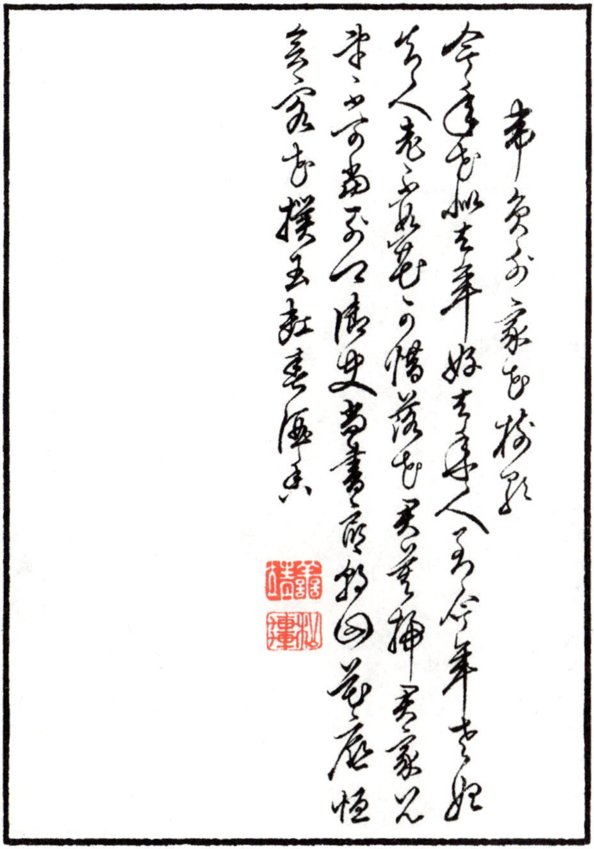
韦员外家花树歌
今年花似去年好去年人到今年老始
知人老不如花可惜落花君莫扫君家兄
弟不可当列卿御史尚书郎朝回花底恒
会客花扑玉缸春酒香

五言絶句

題袁氏別業

賀知章

主人不相識，偶坐爲林泉。莫謾愁沽酒，囊中自有錢。

題袁氏別業

賀知章

主人不相識，偶坐為林泉。莫謾愁沽酒，囊中自有錢。

夜送趙縱

楊炯

趙氏連城璧，
由來天下傳。
送君還舊府，
明月滿前川。

獨遊滴澗

滴也連珠響由來了不傳送君家

簷扉明〻〻海為川

楊炯

易水送别

骆宾王

此地别燕丹，
壮士发衝冠。
昔时人已没，
今日水猶寒。

易水送别

駱賓王

此地别燕丹壯士髪衝冠昔時人已没今日水猶寒

贈喬侍御

陳子昂

漢庭榮巧宦，
雲閣薄邊功。
可憐驄馬使，
白首爲誰雄。

贈喬侍御

陳子昂

漢庭榮巧宦雲閣薄邊功可憐驄
馬使白首為誰雄

子夜春歌

郭振

陌頭楊柳枝，
已被春風吹。
妾心正斷絶，
君懷那得知。

子夜春歌

郭振

陌頭楊柳枝已被春風吹妾心正

斷絕君懷那得知

南樓望

盧僎

去國三巴遠，
登樓萬里春。
傷心江上客，
不是故鄉人。

必江上客
不是故鄉人

汾上驚秋

蘇頲

北風吹白雲，
萬里渡河汾。
心緒逢搖落，
秋聲不可聞。

渡河冷心
孤蓬摇落
秋声不可
支

蜀道後期

張說

客心爭日月，
來往預期程。
秋風不相待，
先至洛陽城。

照鏡見白髮

張九齡

宿昔青雲志，
蹉跎白髮年。
誰知明鏡裏，
形影自相憐。

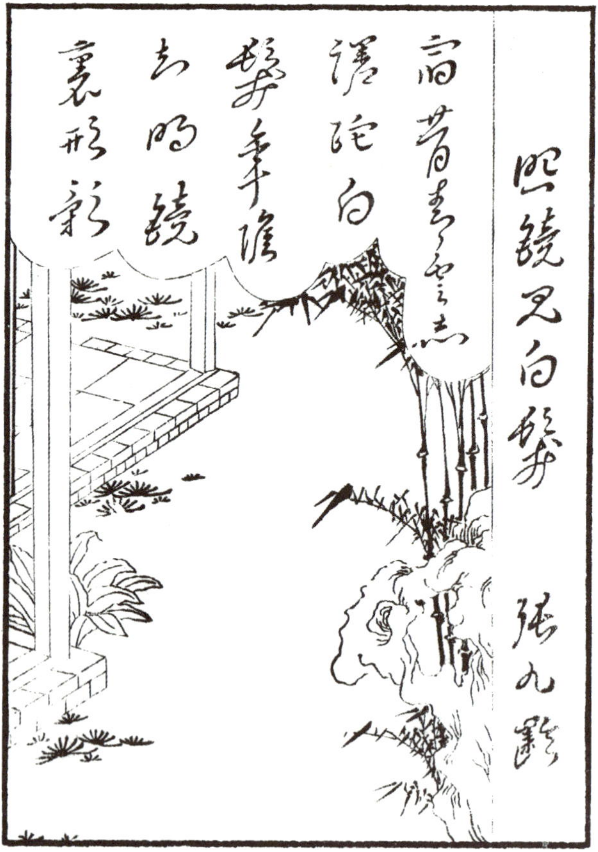

自於
憐

同洛陽李少府觀永樂公主入蕃

孫逖

邊地鶯花少，
年來未覺新。
美人天上落，
龍塞始應春。

塞始應春

靜夜思

李白

床前看月光，

疑是地上霜。

舉頭望山月，

低頭思故鄉。

怨情

李白

美人捲珠簾，
深坐顰蛾眉。
但見淚痕濕，
不知心恨誰。

美人捲珠簾深坐嚬蛾眉但見淚痕溼不知心恨誰

右怨情

秋浦歌

李白

白髮三千丈，
緣愁似個長。
不知明鏡裏，
何處得秋霜。

白髮三千丈緣愁
似個長不知明鏡
裏何處得秋霜

獨坐敬亭山

李白

眾鳥高飛盡，孤雲獨去閑。
相看兩不厭，只有敬亭山。

只有敬
亭山

見京兆韋參軍量移東陽

李白

潮水還歸海，流人却到吴。相逢問愁苦，淚盡日南珠。

見京兆韋
參軍量移
東陽
潮水還
歸海流人
却到吳相逢
問愁苦淚盡
日南珠

臨高臺

王維

相送臨高臺，
川原杳何極。
日暮飛鳥還，
行人去不息。

班婕妤

王維

怪來妝閣閉，
朝下不相迎。
總向春園裏，
花間笑語聲。

懶來妝閣閑稍不知不覺迎聽向
花園裏去聞笑語聲

雜詩

王維

已見寒梅發，
復聞啼鳥聲。
心心視春草，
畏向階前生。

鹿柴

王維

空山不見人，
但聞人語響。
返景入深林，
復照青苔上。

竹裡館

王維

獨坐幽篁裏，
彈琴復長嘯。
深林人不知，
明月來相照。

竹裡館

獨坐幽篁裏彈琴復長嘯
深林人不知明月來相照

長信草

崔國輔

長信宮中艸，
年年愁處生。
時侵珠履迹，
不使玉階行。

少年行

崔國輔

遺却珊瑚鞭，
白馬驕不行。
章臺折楊柳，
春日路旁情。

少年行

遺却珊瑚鞭向馬驕不行章臺折

楊柳春日路傍情

送朱大入秦

孟浩然

游人武陵去，
寶劍直千金。
分手脱相贈，
平生一片心。

春曉

孟浩然

春眠不覺曉，
處處聞啼鳥。
夜來風雨聲，
花落知多少。

春晓

春眠不觉晓，处处闻啼鸟。
夜来风雨声，花落知多少。

洛陽訪袁拾遺不遇

孟浩然

洛陽訪才子，江嶺作流人。
聞説梅花早，何如此地春。

洛陽訪袁拾遺不遇

洛陽訪才子
江嶺作流人
聞說梅花早
何如此地春

洛陽道

儲光羲

大道直如髮，
春日佳氣多。
五陵貴公子，
雙雙鳴玉珂。

五陵貴
公子
雙雙鳴
玉珂

洛陽衜

儲光羲

長安道

儲光義

鳴鞭過酒肆，
袨服游倡門。
百萬一時盡，
含情無片言。

長安道

鳴鞭過酒肆袨服遊倡門百萬一時盡

含情無片言

關山月

戴叔倫

一雁過連營，
繁霜覆古城。
胡笳在何處，
半夜起邊聲。

罕山之

一雁過連營繁霜覆古城胡笳在
何處半夜起邊聲

送郭司倉

王昌齡

映門淮水綠，
留騎主人心。
明月隨良掾，
春潮夜夜深。

映門淮水
綠留騎主人
心明月隨
良椽
春潮
夜々
深

答武陵田太守

王昌齡

仗劍行千里，微軀感一言。
曾爲大樑客，不負信陵恩。

孟城坳

裴迪

結廬古城下，
時登古城上。
古城非疇昔，
今人自來往。

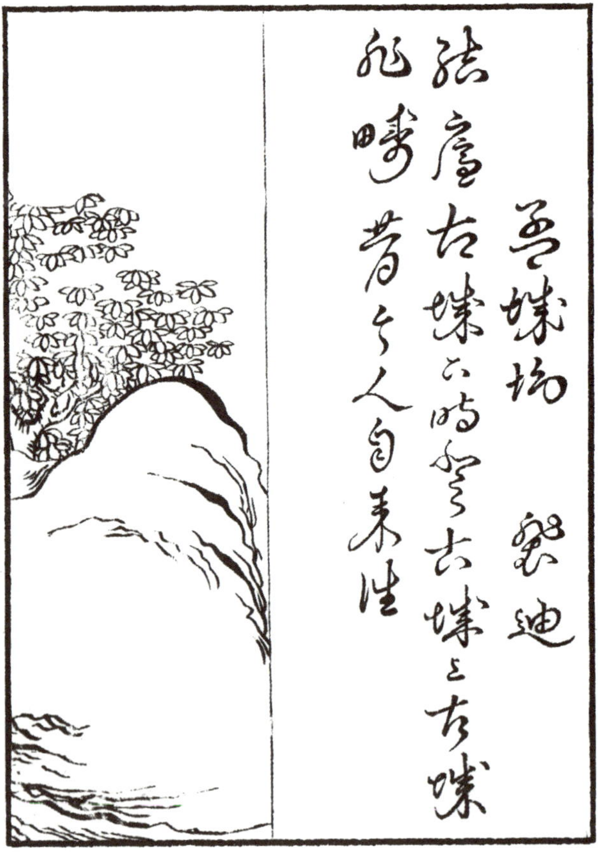

鹿柴

裴迪

日夕見寒山，
便爲獨往客。
不知松林事，
但有麏麚迹。

但有麏麚跡

復愁

杜甫

萬國尚戎馬，
故園今若何。
昔歸相識少，
早已戰場多。

絶句

杜甫

江碧鳥逾白，
山青花欲燃。
今春看又過，
何日是歸年。

長干行

崔顥

君家住何處，
妾住在橫塘。
停舟暫借問，
或恐是同鄉。

長干行 崔顥
君家住何處妾住在橫塘停舟暫借問或恐是同鄉

咏史

高適

尚有綈袍贈，應憐范叔寒。
不知天下士，猶作布衣看。

詠史

高適

尚有綈袍贈應憐范叔寒

不知天下士猶作布衣看

田家春望

高適

出門何所見，
春色滿平蕪。
可嘆無知己，
高陽一酒徒。

田家春望

出門何所見春色滿平蕪可歎無知己高陽一酒徒

行軍九日思長安故園

岑參

强欲登高去，無人送酒來。
遥憐故園菊，應傍戰場開。

行軍九日思長安故園 岑參
强欲登高去無人送酒來遥憐故園菊
應傍戰場開

見渭水思秦川

岑參

渭水東流去，
何時到雍州。
憑添兩行泪，
寄向故園流。

见渭水思秦川

渭水东流去，何时到雍州。凭添两行泪，寄向故园流。

登鸛雀樓

王之涣

白日依山盡，
黄河入海流。
欲窮千里目，
更上一層樓。

登鸛鵲樓

王之渙

白日依山盡黄河入海流欲窮千里目更上一層樓

終南望餘雪

祖咏

終南陰嶺秀，
積雪浮雲端。
林表明霽色，
城中增暮寒。

終南望餘雪　　祖詠

終南陰嶺秀積雪浮雲端林表明
霽色城中增暮寒

罷相作

李適之

避賢初罷相，
樂聖且銜杯。
爲問門前客，
今朝幾個來。

罷相作　李適之

避賢初罷相，樂聖且銜杯。為問門前客，今朝幾箇來。

奉送五叔入京兼寄綦毋三

李頎

雲陰帶殘日，悵別此何時。欲望黃山道，無由見所思。

左掖梨花

丘爲

冷艷全欺雪，
餘香乍入衣。
春風且莫定，
吹向玉階飛。

冷艷
全欺雪
餘香乍
入衣春風
且莫定龡
向玉
階飛

九日陪元魯山登北城留別

蕭穎士

綿連滍川迴，
杳渺鴉路深。
彭澤興不淺，
臨風動歸心。

九日陪元魯山登北城留別　蕭穎士

綿連滍川迴，杳渺鴉路深。彭澤興不淺，臨風動歸心。

平蕃曲

劉長卿

渺渺戍烟孤，
茫茫塞草枯。
隴頭那用閉，
萬里不防胡。

渺々戍烟
孤茫々
塞艸枯
隴頭那
用閑萬
里不防
胡

其二

劉長卿

絶漠大軍還，
平沙獨戍閑。
空留一片石，
萬古在燕山。

逢俠者

錢起

燕趙悲歌士，
相逢劇孟家。
寸心言不盡，
前路日將斜。

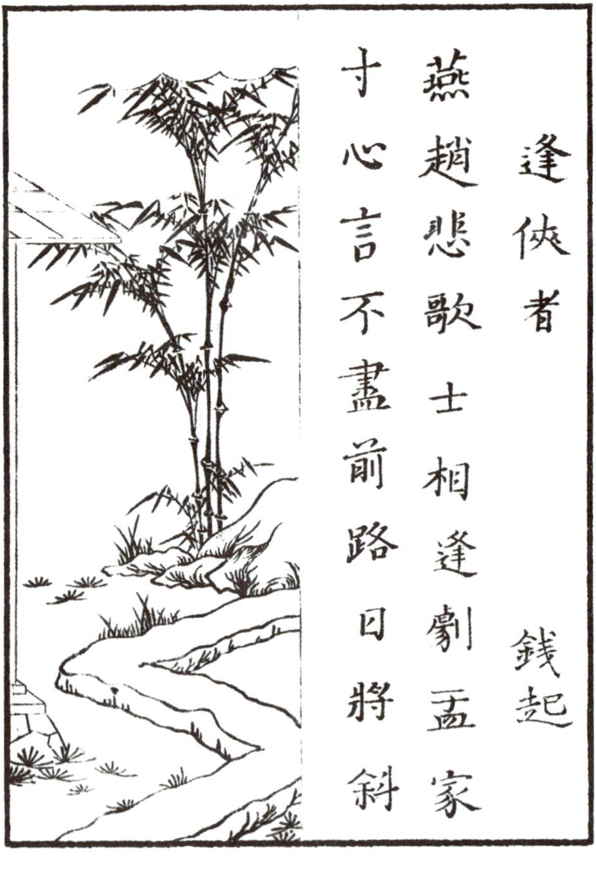

江行無題

錢起

咫尺愁風雨，
匡廬不可登。
秖疑雲霧窟，
猶有六朝僧。

題無行江

咫尺愁風雨匡廬不可登秖疑雲霧窟

猶有六朝僧

秋夜寄丘二十二員外

韋應物

懷君屬秋夜，
散步咏涼天。
山空松子落，
幽人應未眠。

秋夜寄丘二十二員外

懷君屬秋夜散步咏涼天

山空松子落幽人應未眠

聽江笛送陸侍御

韋應物

遠聽江上笛，臨觴一送君。還愁獨宿夜，更向郡齋聞。

遠聽江
上笛臨
觴一送
君還愁
獨宿夜
更向郡
齋聞

聞雁

韋應物

故園眇何處，
歸思正悠哉。
淮南秋雨夜，
高齋聞雁來。

聞雁

故園渺何處，歸思方悠哉。
淮南秋雨夜，高齋聞雁來。

答李澣

韋應物

林中觀易罷，
溪上對鷗閑。
楚俗饒詞客，
何人最往還。

林中觀
易罷
溪上
對鷗
閑楚
俗饒
詞客何人
最往還

婕妤怨

皇甫冉

花枝出建章，
鳳管發昭陽。
借問承恩者，
雙蛾幾許長。

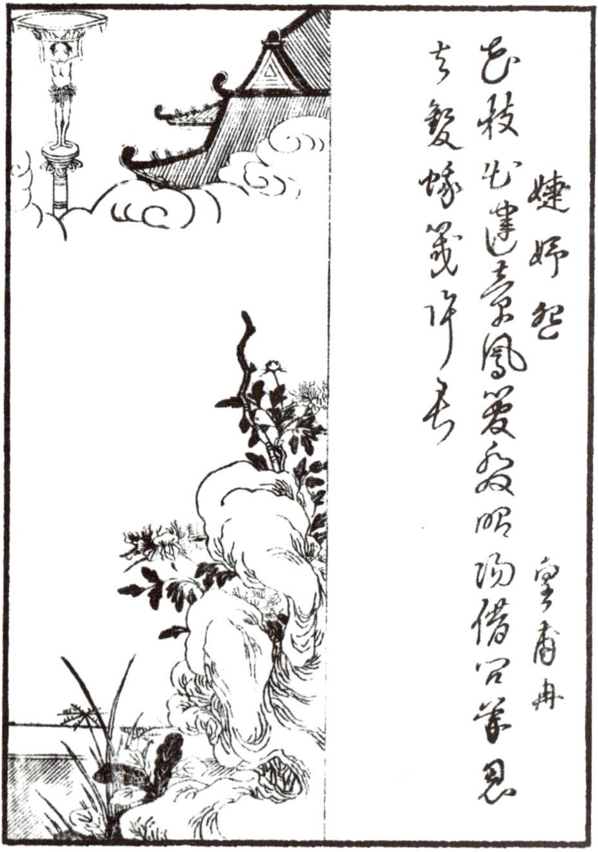

題竹林寺

朱放

歲月人間促，
烟霞此地多。
殷勤竹林寺，
更得幾回過。

題竹林寺

朱放

歲月人間促
烟霞此地多
殷勤竹林寺
更得幾回過

秋日

耿湋

反照入閭巷，
憂來誰共語。
古道少人行，
秋風動禾黍。

和張僕射塞下曲

盧綸

月黑雁飛高，
單于夜遁逃。
欲將輕騎逐，
大雪滿弓刀。

和張僕射塞下曲　盧綸

月黑雁飛高　單于夜遁逃

欲將輕騎逐　大雪滿弓刀

别盧秦卿

郎士元

知有前期在，
難分此夜中。
無將故人酒，
不及古淳風。

知有前
期在難
分此夜
中無將
故人酒
不及石
尤風

幽州

李益

征戍在桑乾，
年年薊水寒。
殷勤驛西路，
此去向長安。

幽州

李益

征戍在桑乾年々薊水寒殷勤驛西路
此去向長安

三閭廟

戴叔倫

沅湘流不盡，
屈宋怨何深。
日暮秋風起，
蕭蕭楓樹林。

沅湘流不盡屈子怨何深日暮秋風起蕭蕭楓樹林

思君恩

令狐楚

小苑鶯歌歇，
長門蝶舞多。
眼看春又去，
翠輦不曾過。

登柳州蛾山

柳宗元

荒山秋日午，
獨上意悠悠。
如何望鄉處，
西北是融州。

登柳州蛾山　柳宗元

荒山秋日午獨上意悠悠

如何望鄉處西北是融州

秋風引

劉禹錫

何處秋風至，蕭蕭送雁群。
朝來入庭樹，孤客最先聞。

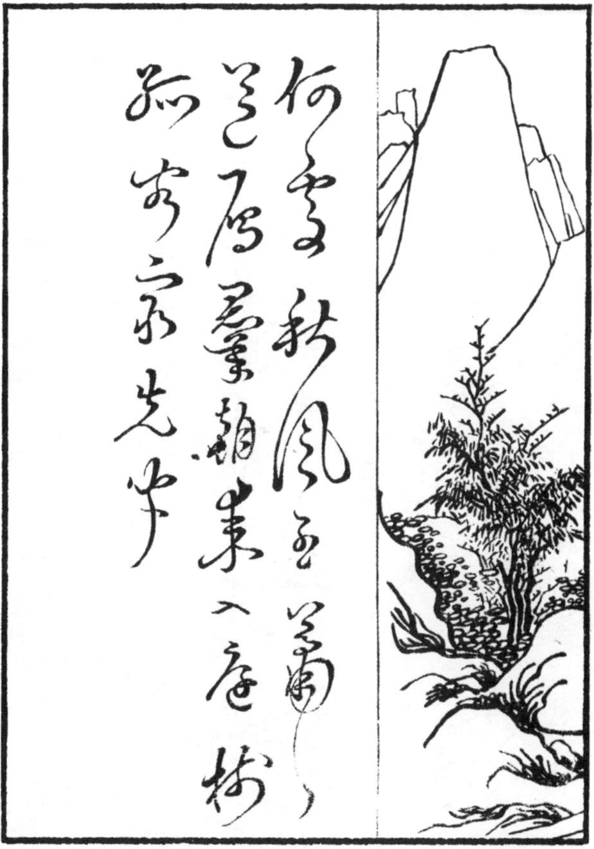
何處秋風至蕭蕭
送雁群朝來入庭樹
孤客最先聞

鞏路感懷

呂溫

馬嘶白日暮，
劍鳴秋氣來。
我心渺無際，
河上空徘徊。

馬嘶
白日暮
劍鳴
秋氣来
我心
渺無際
河上
空徘徊

古别離

孟郊

欲别牵郎衣，郎今到何處。不恨歸來遲，莫向臨邛去。

古松[illegible]

[illegible]

[illegible]

兵部

尋隱者不遇

賈島

松下問童子，
言師采藥去。
只在此山中，
雲深不知處。

松下問
童子言
師採藥
去只在
此山中
雲深不
知處

宮中題

文宗皇帝

輦路生秋草，
上林花滿枝。
憑高何限意，
無復侍臣知。

宮中題 文宗皇帝
輦路生秋草上林花滿枝憑高
何限意無復侍臣知

勸酒

于武陵

勸君金屈卮，
滿酌不須辭。
花發多風雨，
人生足別離。

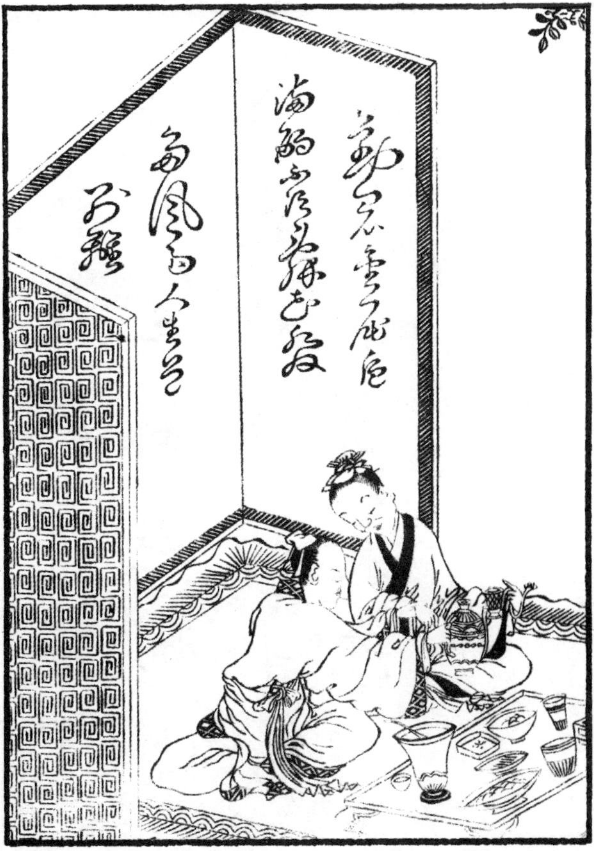

秋日湖上

薛瑩

落日五湖遊，
烟波處處愁。
浮沈千古事，
誰與問東流。

秋日湖上　薛瑩

落日五湖遊烟波處處愁浮沈千古事誰與問東流

題慈恩塔

荆叔

漢國山河在，
秦陵草樹深。
暮雲千里色，
無處不傷心。

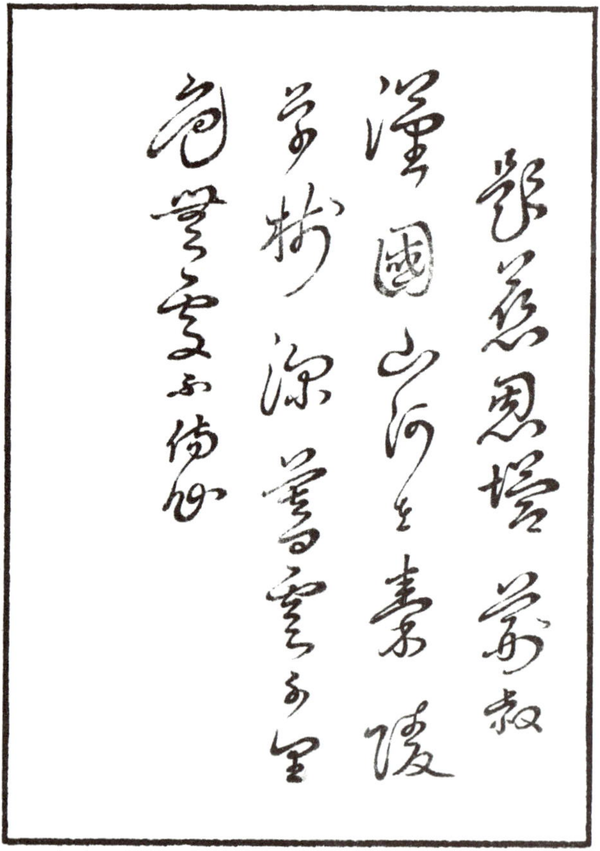

伊州歌

無名氏

聞道黄花戍，
頻年不解兵。
可憐閨里月，
偏照漢家營。

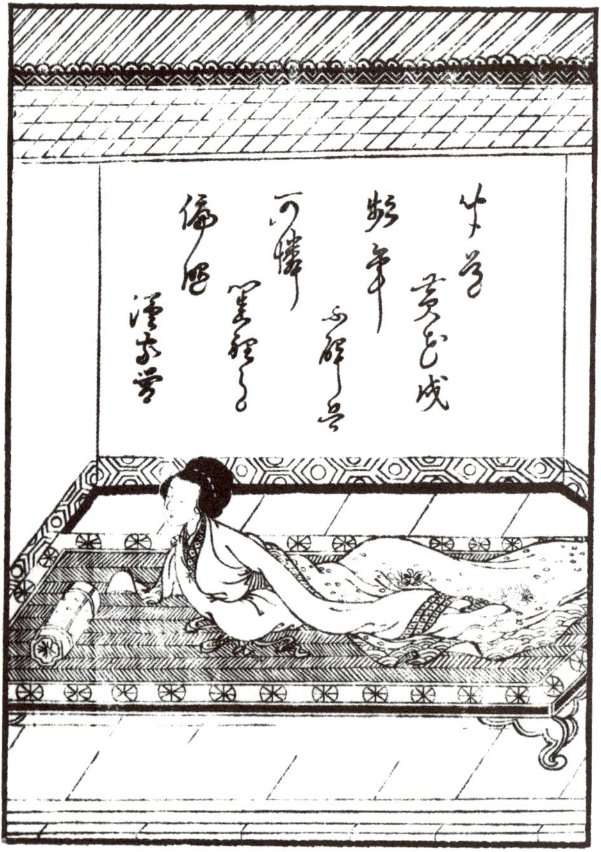

伊州歌

無名氏

春怨

金昌緒

打起黃鶯兒，莫教枝上啼。

啼時驚妾夢，不得到遼西。

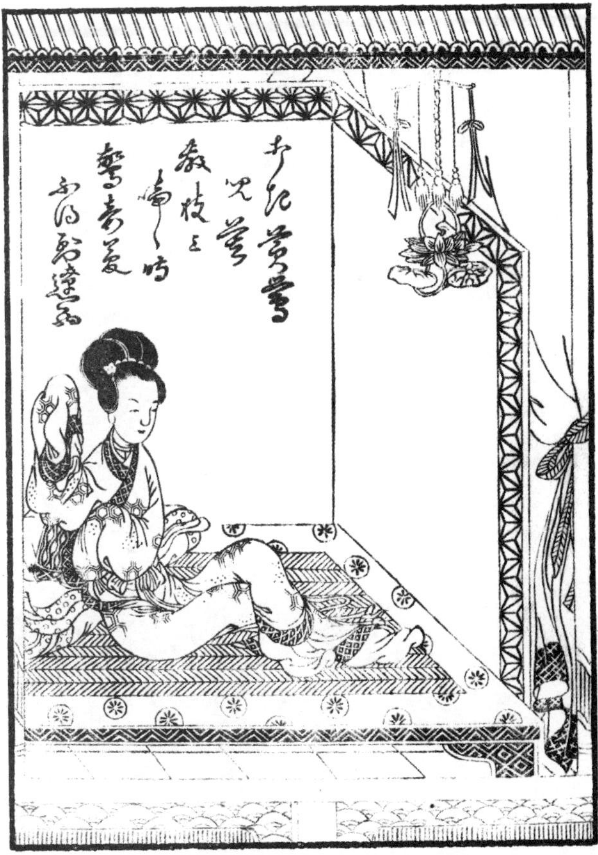

哥舒歌

西鄙人

北斗七星高，哥舒夜帶刀。至今窺牧馬，不敢過臨洮。

哥舒歌　西鄙人

北斗七星高哥舒夜帶刀至今窺牧馬不敢過臨洮

答人

太上隱者

偶來松樹下，
高枕石頭眠。
山中無歷日，
寒盡不知年。